Minuit dans le marais

Arnaud Alméras est né à Paris en 1967. Il vit aujourd'hui à Sceaux avec sa femme et ses trois filles. Parallèlement à son métier de rédacteur à *J'aime lire*, il invente des histoires pour les enfants. Ses romans sont publiés chez Nathan, Flammarion, Lito, Milan, l'École des Loisirs, Tourbillon et Bayard Jeunesse.

Du même auteur dans Bayard Poche :
Attention, voilà Simon ! (Les belles histoires)
Le match d'Alice (Mes premiers J'aime lire)
La série Lili Barouf
Mystère et carabistouilles - *Courage, Trouillard !* - *Le lit voyageur* - *Timidino, le roi du pinceau* (J'aime lire)

Philippe Diemunsch est né à Paris en 1953. Il a longtemps exercé son métier d'illustrateur avec sa femme. Il travaille aujourd'hui pour la publicité, la presse et l'édition. Ses ouvrages sont publiés aux éditions Nathan, Milan, Flammarion et Bayard Jeunesse.

Dépôt légal : juillet 2005
Loi du 16 juillet 1949 sur les publications destinées à la jeunesse.

Minuit dans le marais

Une histoire écrite par Arnaud Alméras
illustrée par Philippe Diemunsch

mes premiers j'aime lire
BAYARD POCHE

Chapitre 1
La cabane

Cette année, pour les vacances, mes parents ont loué une petite maison en Vendée. Et ils ont invité mes amis, Benoît et sa grande sœur, Lisette.

Au fond du jardin, derrière la clôture, il y a un fossé. De l'autre côté du fossé, il y a d'anciens marais salants. Et, tous les jours, deux ânes nous rendent visite.

Quand les ânes s'arrêtent au bord du fossé, Benoît, Lisette et moi, nous grimpons sur un tas de piquets et nous leur lançons des pommes.

Un matin, nous décidons de construire une cabane avec les piquets. Nous travaillons toute la journée. Et, le soir, notre cabane est prête. Elle est tellement réussie que nous décidons de passer la nuit dedans !

Après le dîner, les parents nous aident à transporter nos sacs de couchage, nos pyjamas et une lampe de poche.

– Ça va aller ? demandent-ils.

Nous répondons d'une seule voix :

– Bien sûr ! Ne vous inquiétez pas !

Et nous nous glissons dans nos sacs de couchage...

Peu après, Lisette se relève, les yeux brillants, et elle nous dit :

– Et si on allait se promener dans le marais, cette nuit ?

Comme je ne suis pas très rassurée, je bafouille :

– Mais c'est une bêtise...

Lisette proteste :

– Non, ce n'est pas une bêtise, c'est une aventure ! Tu es vraiment trouillarde, Léa !

Quand elle me parle comme ça, Lisette m'énerve un peu. Elle est grande, elle est au CM1. C'est pour ça qu'elle est plus courageuse que moi !

Benoît s'écrie :

– Moi, pour l'aventure, je prends mon canif !

Chapitre 2

Dans la nuit

Nous attendons longtemps, longtemps, que les parents soient couchés. Puis nous sortons de la cabane sans faire de bruit. La nuit est très sombre !

Lisette éclaire le sol devant nous. Tout à coup, je lui attrape le bras :

– Là, il y a un énorme crapaud !

Lisette se moque de moi :
– Et alors ? Il ne va pas te manger !
– C'est dégoûtant ! Et, en plus, il bouge !
Lisette se met à rire :
– C'est normal, il est vivant !

Nous arrivons devant la petite porte de la clôture, au fond du jardin. Lisette l'ouvre. Puis elle pose le pied sur la planche qui enjambe le fossé plein d'eau. À notre tour, Benoît et moi, nous traversons.

Tout à coup, je sursaute. Je viens d'entendre un grand bruit dans un buisson, et quelque chose s'envole sous mon nez.

– Qu'est-ce que c'est ?

Lisette ne semble pas beaucoup plus rassurée que moi :

– Ça doit être une poule d'eau...

– Et si on rentrait ? propose Benoît.

– Non, pas déjà ! proteste Lisette. On va au moins aller jusqu'à l'arbre, là-bas.

Soudain, à quelques mètres devant nous, des points jaunes se mettent à briller dans la nuit. Ils s'approchent, ils grossissent... De gros yeux jaunes nous regardent ! Je mets la main devant ma bouche pour ne pas crier. Je me serre contre Lisette, mon cœur bat à deux cents à l'heure :

– Là, regarde !

C'est la panique ! Nous courons à toutes jambes droit devant nous, nous nous écorchons dans les ronces...

Quand nous arrivons à la hauteur de l'arbre, nous nous cachons tous les trois derrière le tronc. En plus, nous avons perdu notre lampe de poche !

À cet instant, la lune sort de derrière les nuages. Benoît a le courage de regarder vers les yeux jaunes...

– Les ânes ! Ce sont les yeux des ânes !

Lisette chuchote :

– Ils devaient dormir dans le marais, et on les a réveillés. On s'est affolés pour rien.

Ça, c’est facile à dire ! Mais les ânes, c’est gros, surtout vus de près. Et, en plus, leurs gros yeux jaunes brillent dans la nuit !

Nous n’osons pas bouger…

Chapitre 3

Le bain de minuit

Lisette, Benoît et moi, nous sommes toujours blottis derrière l'arbre. Mais nous commençons à geler, et les moustiques nous dévorent. Heureusement, grâce à la lumière de la lune, on aperçoit le chemin qui va vers la maison.

Lisette et Benoît passent sur la planche au-dessus du fossé.

Mais, au moment où je veux traverser à mon tour, la planche glisse. « Haaaa ! » Je pousse un hurlement et je tombe dans l'eau !

Vite, Lisette et Benoît me tendent la main. Je réussis à sortir du fossé. Je suis trempée et couverte de boue.

Nous poussons le portail du jardin et nous allons nous réfugier dans notre cabane. Je grelotte. Benoît demande :

– Et maintenant, qu'est-ce qu'on fait ?

Moi, j'aimerais bien pleurer. Mais, quand on vit une aventure, il faut être courageuse.

Soudain, la tête de Papa apparaît à la porte de la cabane :

– J'ai entendu un cri ! Que se passe-t-il ?

– Rien, tout va très bien, répond Lisette.

Et elle se donne une claque sur la joue pour tuer le moustique qui est en train de la piquer.

– Mais, Léa... tu es trempée ! s'écrie Papa.

Je baisse la tête, et je dis très vite :

– Je... j'ai voulu aller faire pipi, et je suis tombée dans l'eau...

– Mais... pourquoi êtes-vous habillés, tous les trois ? fait Papa en ouvrant des yeux ronds.

J'invente une nouvelle explication :

– Je ne voulais pas avoir froid pour aller faire pipi.

– Et on l'a un peu accompagnée pour qu'elle n'ait pas peur, ajoute Benoît.

Papa soupire :

– Bon. Il est minuit passé. Le mieux, c'est que vous alliez dormir dans votre chambre.

Lisette crie :

– On veut rester !

Mais Papa n'est plus d'accord.

Benoît et moi, nous consolons Lisette :

– Ce n'est pas grave...

Nous traversons le jardin en file indienne pour rentrer dans la maison.

Dix minutes plus tard, je suis séchée et changée. Je me glisse dans mon lit. Et je me dis que ces vacances vont durer encore deux semaines... Nous avons le temps de bien nous amuser !

Je souris à Lisette :

– Notre aventure était trop géniale ! Je n'ai même pas eu peur.

Lisette me répond d'un ton décidé :

– On recommencera !

Je me blottis un peu plus sous la couette :

– Oui, oui... mais une autre fois !

mes premiers j'aime lire

La collection des premiers pas dans la lecture autonome

Se faire peur et frissonner de plaisir **Rire et sourire avec**

des personnages insolites **Réfléchir et comprendre la vie de**

tous les jours **Se lancer dans des aventures pleines de**

rebondissements **Rêver et voyager dans des univers fabuleux**

Achevé d'imprimer en septembre 2005 par Oberthur Graphique
35000 RENNES – N° Impression : 6603
Imprimé en France